Memory Lane

记忆的 小路

Patrick Modiano

Pierre Le-Tan

〔法〕帕特里克·莫迪亚诺 著

〔法〕皮埃尔·勒唐 绘

史烨婷 译

人民文学出版社

PEOPLE'S LITERATURE PUBLISHING HOUSE

著作权合同登记号　图字 01 - 2023 - 3174

Patrick Modiano/Pierre Le-Tan
Memory Lane
© Patrick Modiano et les Editions Stock，2020

图书在版编目(CIP)数据

记忆的小路/(法)帕特里克·莫迪亚诺著;(法)
皮埃尔·勒唐绘;史烨婷译. —北京:人民文学出版
社,2023
　(莫迪亚诺作品系列)
　ISBN 978-7-02-018248-0

　Ⅰ.①记…　Ⅱ.①帕…　②皮…　③史…　Ⅲ.①中篇小
说-法国-现代　Ⅳ.①I565.45

中国国家版本馆 CIP 数据核字(2023)第 176721 号

责任编辑　卜艳冰　郁梦非
封面设计　钱　珺

出版发行　人民文学出版社
社　　址　北京市朝内大街 166 号
邮　　编　100705

印　　刷　凸版艺彩(东莞)印刷有限公司
经　　销　全国新华书店等

字　　数　37 千字
开　　本　850 毫米×1168 毫米　1/32
印　　张　3.375
版　　次　2023 年 10 月北京第 1 版
印　　次　2023 年 10 月第 1 次印刷

书　　号　978-7-02-018248-0
定　　价　50.00 元

如有印装质量问题,请与本社图书销售中心调换。电话:010 - 65233595

1979 年 5 月 18 日，巴黎

我在想，一个"小团体"到底是通过什么神秘的化学反应才得以形成：它有时很快就散了，有时一连几年都相处融洽，而且因为成员们性格迥异，常令人联想到警方的大逮捕，从午夜到黎明，警方抓来大批除此情景永不会相遇的人。

二十岁时，我作为编外人员观察过这么一个小团体。我与他们有些交道，足以为我留下一段相当清晰的记忆。引荐我的人名叫乔治·贝吕纳。当时我在一家音乐出版社工作——一个挺次要的岗位，贝吕纳就在我隔壁的办公室。我感觉他做的是经理人的工作，当社里要为那些尚未真正走红的歌手举办国际巡演的时候，就需要他来施展才华。但我鲜少隔着办公室墙壁听见他那边的电话响起。我们常在电梯和走廊打照面，渐渐成为朋友。下午，他常来敲我的门。

"我们出去转转怎样？"他问我。

下楼之后，我们沿着贝里路一直走到香榭丽舍大街，然后折返。如此往返好几趟。贝吕纳沉默不语，我不敢打扰他的梦思。

一天，他邀我去"圣-戈塔"共进午餐，这家餐馆在蒙马特市郊路，来光顾的客人都是独自用餐、表情严肃的男人。我的朋友告诉我，他三十多年前就来过这家餐厅。第一次到这里来是和某个名叫奥斯卡·杜弗莱纳的人。奥斯卡·杜弗莱纳是隔壁杂耍歌舞剧场的经理，就在此后的那个月被谋杀了。罪案发生时，一名水手从杜弗莱纳的办公室逃了出来，消失在室内走廊的人群中，与此同时，女孩们正聚集在舞台上表演最后一幕。消失在昏暗光线中鬼鬼祟祟的水手剪影给贝吕纳留下了遐思。警察仔细询问了给歌舞表演做手风琴伴奏的少年水手，但没有任何结果。

午餐后，贝吕纳让我跟他去贝尔热尔路找一位鞋匠，因为他的一位朋友，保尔·孔图尔，请他帮忙去拿两双定做的便鞋。等我们到了门前才发现，店铺已经关张。橱窗里积了灰，一棵攀缘植物攀爬在空空的货架上。贝吕纳盯着废弃的商店露出一抹浅笑，那棵植物还在生长，孔图尔的便鞋恐怕烂在某个角落了。

"完全是保尔的做派。"他对我说。

一天晚上，我们一起从单位出来，他提议带我去他的朋友孔图尔夫妇家。出于好奇，我接受了邀请，因为我依然记得幽灵鞋店的橱窗。

Le bottier de Paul avait sans doute
connu une heure de gloire, mais
sa façade lézardée évoquait
maintenant un palais désert du
Grand Canal.

保尔的鞋靴店可能经历过繁华，但现在爬着裂缝的门面令
人联想到一座大运河边废弃的宫殿。

孔图尔夫妇住在保尔-杜梅尔大街,那天晚上,我"私下"见了他们,因为"小团体"的其他成员不在。他们在一个装饰现代的客厅里接待我们,家具的流线型线条和浓烈的色调令我吃惊。我得知公寓的装修是"小团体"的一位成员设计的,他是巴黎的一位古董商,浅色木制品行家。他的姓名,克洛德·戴尔瓦尔,时常出现在他们和乔治·贝吕纳的谈话中,还有其他几个名字,那些他们熟悉的人的名字,我有幸在之后见到了他们。

在场的还有一位美国人,他脸色暗红,头发银白,发型带刘海,我只知道他的名字:道格拉斯。人称"道格"。他在孔图尔夫妇身边扮演着秘书或者总管的角色。

麦迪·孔图尔四十出头。金发,身材高挑,肤色古铜,双眸碧蓝,运动的气质和年轻的样貌让人以为她也是美国人。保尔·孔图尔，比她年长十岁，高个儿，皮肤头发都是深色，鬓角刚有些斑白，留小胡子，尽管肥胖，但还是在体态和气质上给人以极度灵活的印象——宽大的西服和敞开的衬衫领口更加凸显了这种印象。

第一晚，我就敏锐地体味到公寓里舒适安逸的特质。我们都安顿在自己的椅子里，不用起身，只有美国人不时走动，送饮品或接电话，但我们听不见他的脚步声，因为他穿着软底拖鞋。每通电话，孔图尔都会问是谁打来的，只要他点头肯定，握着电话的美国人就会把听筒丢过来，孔图尔在空中接住。他压低声音，听筒夹在肩膀和脸颊之间，美国人在通话结束后用大拇指和食指拿过听筒，挂断，并把话机放回到独脚小圆桌上。一盏乳白玻璃瓷灯的光线照在房间后面的墙上。麦迪·孔图尔对我微笑。保尔·孔图尔说着话。坦白说，我不记得他说了什么：我太专注于他的音色——柔和又低沉的声音，如落叶簌簌作响。

回去的路上，和他们交往了二十多年的乔

治·贝吕纳告诉了我一些关于他们的详细情况。保尔·孔图尔出身外省，家境不好（尽管声称有一半茨冈人血统，拿他自己的话说，"吉普赛人"，而且他黑色的眼睛和黄褐色的皮肤看起来不像东南部的萨瓦人，但他生于阿讷西），他起步于一段辉煌的律师职业生涯，曾经是见习律师会议最年轻的主席，然而战争一下子断送了他的前程。他投身于马匹生意，娶了麦迪，当时她是一家知名时装店的模特。从此，大家就不太清楚他在做什么"生意"了，但他是在走钢丝，有些日子他告诉身边的人自己"失手了"，其他时候又邀请所有人在布吉瓦尔那边的饭店吃晚餐，庆祝自己"东山再起"。

在诸多事情中，我还知道孔图尔在很长一段时间里靠"唐德和拉布里格生意"的盈利生活。他和贝吕纳试图给我解释"唐德和拉布里格生意"巧妙的运行机制，我皱着眉头听他们说：一个中介团队，一部分人自称被意大利政府委任，另一部分人被法国政府委任，尝试商谈位于意法边境的"唐德和拉布里格"两地的出售问题。孔图尔从中渔利，收取高额佣金。从谁那儿收钱？我从来没搞懂过，我也从来没能弄清他们想把"唐德和拉布里格"卖给谁，以及到底有没有卖掉。

至于道格，那个脸色暗红的美国人，第一晚有没有出现在保尔-杜梅尔大街？他是布莱德雷军团退役的老兵，在解放时结识了孔图尔夫妇，从此定居巴黎。他与他们寸步不离，就像我猜想的那样，以友情之名充当他们的秘书和司机。道格在战后的法国从事和麦迪·孔图尔一样的职业：他曾是第一位时尚男模，但因饮酒无度，毁掉了俊朗外形，留下了暗红肤色。在保尔-杜梅尔大街，麦迪的房间里，有一张镶在皮质镜框里的照片，年轻时的道格身着加勒王子品牌的西装，摆着姿势。

Au fond d'elle-même, le mannequin Maddy était restée la jeune fille naïve de Saumur.

在麦迪的内心深处，模特麦迪依然是那个来自索米尔的天真女孩。

几周后，贝吕纳再度拉我去和小团体见面，所有人都在。聚会的地点在弗里德兰大街的一间酒吧，那里的装饰阴森森的。

喝着开胃酒的有保尔和麦迪，两个三十出头的男人，他们给我介绍说一位叫什么克里斯蒂昂·维纳格兰，另一位叫什么布尔东，还有维纳格兰的朋友，羞涩的棕色皮肤少女，以及一位斯堪的纳维亚女子，她说着自己国家的语言，边说边爆发出阵阵笑声，布尔东温柔地搭着她的双肩。在他们旁边，皮肤通红的道格毫无表情地盯着一瓶绿色的伊扎拉利口酒。

这间开在弗里德兰大街的酒吧由一个马提尼克人经营，保尔·孔图尔叫她"卡莫埃夫人"。乔治·贝吕纳低声告诉我，当克里斯蒂昂·维纳格兰遭遇可怕的情绪低谷时，他整夜整夜地待在这里，卡莫埃夫人给他安排了一张行军床。他甚至要带我看那张床，于是我们溜到红木柜台后面，沿着一条过道往前走，下了楼梯。在那里，地下室里，我看见了那张拱顶下被铸铁栏杆围起来的行军床，这隐蔽的角落像个地下小教堂。贝吕纳躺倒在床上。

"老伙计，我也需要休息……我也得让卡莫埃夫人在这儿给我安排个什么……"

直至那时，我才注意到他说法语时带着口音。他苍白的脸色和忧虑的眼神令我印象深刻。

"我们走吧……振作点儿……"

他起身，对我凄然一笑。当我们回到其他人中间时，孔图尔夫妇邀请我们去布吉瓦尔那边共进晚餐。于是我们所有人一个挨一个地挤进他们的敞篷车里。

借这次晚餐之机，我更加仔细地观察了他们。克里斯蒂昂·维纳格兰，孔图尔有时叫他"贴现银行①子弟"，此人可没少让他的父母操心，他害怕家里找他，给他来个命运的最终裁决。保尔·孔图尔安慰着他，开玩笑说会为他提供操行优良的证明。

---

① 贴现银行（Comptoir d'Escompte）为法国巴黎银行的前身，起源于1848年，为应对当时席卷法国银行业的经济危机而创建。

布尔东，我只知道姓氏的那位——我们一成不变地叫他"德·布尔东"——是维纳格兰认识很久的老朋友，他们在蒙赛尔上初中时就认识了。

两人时不时地去一趟大洋洲或者巴西，带回来许多幻灯片和讲座主题。一天晚上，他们好心邀请我去听一场讲座。大厅空空荡荡，只有第一排坐着三十多个少年和几位成年人。布尔东甚至还没开讲，维纳格兰在屏幕上放映的每一张幻灯片都会引发听众雷动的掌声。讲座结束后，热情的听众来与我们交流。他们大多是蒙赛尔的学生，有几位是老师。从他们激动的状态和热切的情感看来，维纳格兰和布尔东是学校的传奇，关于他们的记忆永存于蒙赛尔。道格——有时说话不好听——很肯定地告诉我，除了蒙赛尔初中的学生，布尔东和维纳格兰没有听众。

但这两位奇怪的演讲者首要担心的却是"过自己的生活"这件事，克里斯蒂昂·维纳格兰饱受神经衰弱的折磨，决心以不停歇的躁动与之对抗。他的课题——据他所说——就是"避免时间静止"。他有一头金色的小鬈发，面色红润，脸庞像小天使般微微膨起。布尔东有着褐色皮肤，留一头褐色大鬈发，加上他夸张的露齿笑容、生硬的语气还有他的烟斗，他自然而然地带着电影《十一罗汉》里那些绅士的气质，更确切地说，像一位重要航线的机组人员。他们合住一间位于雷纳尔上校路的单身公寓，维纳格兰经常带我去那里。墙上挂着旧时殖民地行车地图和一个犀牛头标本。地上铺着兽皮。维纳格兰的房间是一间船舱，精心布置而成。沿着走廊，挂着许多幅被他们弄到手的女人的照片，上面标有日期，其中，我吃惊地认出了一位谢顶的现任部长的妻子。

La souplesse de Paul et ses yeux tristes faisaient penser à ces fauves dont les élans se brisent contre les barreaux de leur cage.

保尔身手敏捷、眼神忧伤，令人想到笼中兽，每一次跃起都撞在栅栏上。

他们不随意提及的壮举之一就是答应了两位"明艳照人的斯堪的纳维亚女子"，要带她们去海边——"明艳照人的斯堪的纳维亚女子"是维纳格兰的说法，当时她们正在巴黎度假，她俩给出的交换条件是可以与他们共度一夜。将近晚上十一点，他们开车接上女孩们，然后沿着西部高速公路前行，在凡尔赛停了下来，他们在特里亚农宫酒店订了两个房间。这家酒店的几分海滨浴场风格和黑漆漆的花园骗过了瑞典女孩，她们以为到了图凯或者迪纳尔的某地。第二天一早，趁着女孩们还在熟睡，维纳格兰和布尔东去酒店大堂里蹲守。十点，他们看见两位"斯堪的纳维亚女子"穿着泳衣走向前台，双眼拿太阳镜遮得严严的。她们询问去海滩怎么走。五年后，维纳格兰这傻瓜还能笑得上气不接下气。

　　但他们的情绪忽然低落下来。关于维纳格兰，

在卡莫埃夫人那里听到的南美音乐节奏
与贝吕纳维也纳式的谦恭形成鲜明对比。

Les rythmes sud-américains qu'on entendait
chez Madame Camoëns contrastaient avec
la courtoisie viennoise de Bellune.

我从没能断定他这种精神委顿的原因，他消沉了好几天，其间只有拖着身体去"卡莫埃夫人"酒吧的力气，一头倒在她为他准备的地下小教堂里。

布尔东也经历过同样戏剧化的消沉时刻，但他，我们至少清楚缘故。十七岁时，他成了一个小女婴的父亲，因为孩子的母亲来自波尔多一个大商人世家，这桩非婚生事件成了丑闻。他们愿意养育孩子，只要孩子的父亲不再和她有任何联系。现在，女婴已经长成了一位少女，布尔东偷来一张她的照片，不断拿出来给人看。开始时他说这孩子对自己很有感情，这孩子学习很好，但没多久他就情绪崩溃地承认了事实：对这孩子来说他就是个陌生人。于是我们把流着泪的他带回雷纳尔上校路。

我可能得解释一下维纳格兰的"情绪黑洞"——他这样描述自己绝望情绪发作的状态。自从离开蒙赛尔初中，他就再也没振作起来。他和布尔东整夜整夜地给我们讲他们的青春记忆，我们理解到，在蒙赛尔的时期将永远是他们人生中最美好的时光。

他们曾经是那所中学的风云人物。每年六月，运动会那天，他们体验着自己的光辉时刻：在两百名学生面前炫耀撑竿跳技术。离校回家的周日，布尔东夫人开着一辆西姆卡轿车来蒙赛尔接他们。她拥有众多追求者，而后嫁给了一位姓布尔东的年长绅士，他身无分文，来自巴斯克沿海地区。作为食宿的交换，这位布尔东先生接纳了她不知生父是谁的儿子，这儿子就是我们的布尔东。

维纳格兰和布尔东每晚都以同样的严肃格调着装——成套法兰绒西装或别着蒙赛尔初中徽章的外套，他们的动作也整齐划一。当他们走进房间时，他们就这样肩并肩前行，或者以迅速又对称的动作拉开一点距离，就像性感歌舞表演中身着礼服的男演员们走上舞台一般。如果贝吕纳所言属实，孔图尔就是在购买赤道非洲一家矿业公司的股票时期与维纳格兰和布尔东结识的，他当时设想从空中拍摄一些这座矿藏的照片，于是寻找飞行员。维纳格兰和布尔东在布拉柴维尔租用了一架旧的法尔芒双翼飞机，做成了这件事。

Avenue Paul Doumer, le décor
volontairement dépouillé du salon,
ses murs pastel et son tapis de haute
laine donnaient une impression de luxe
et d'élégance à laquelle il était dif-
ficile de résister.

保尔-杜梅尔大街，客厅的简洁装饰是刻意为之，柔和浅色
的墙和高档羊毛地毯给人豪华、优雅的感觉，很难抗拒。

Delval avait choisi des soieries de couleurs
vives pour recouvrir certains sièges.
Seul un homme au goût très sûr pouvait
se permettre une telle audace.

戴尔瓦尔选择了颜色鲜艳的丝织品来搭配某几张座椅。
只有非常确信自己品位的人才敢如此大胆地用色。

后来我总在想，保尔·孔图尔表现出的对他俩的感情是否全然不带利益关系。他就没有把"贴现银行子弟"当出资者？然后，他不会想到布尔东的活力和冒险精神——在正确引导的前提下——可以为他的"生意"服务？听说维纳格兰曾是麦迪·孔图尔的情人。但道听途说的事多着呢……

"小团体"的另外两位成员在布吉瓦尔和我们聚齐了：专注于浅色木制品的古董商，克洛德·戴尔瓦尔，他比孔图尔夫妇略长几岁，我很欣赏他头颈的姿态，以及他年轻的朋友，一位长相端正的棕色皮肤男子。保尔·孔图尔也不是才认识这位古董商。他甚至记得戴尔瓦尔曾送他去奥斯特里兹火车站，那是"奇怪战争"时期①的一个夜晚，他刚刚收到征兵表，要去夏朗德的一个军营报到。当时，孔图尔还不满三十岁，他猜戴尔瓦尔是被他打动了。从那以后，戴尔瓦尔对先后三四代青年人都格外关注，就像一位漫步者注视海浪，直到它们前赴后继地拍

---

① 指 1939 年至 1940 年间，德国入侵波兰后，英法两国对德国宣而不战的时期。

碎在礁石上，这种不断更新的对青年人的关注令孔图尔不安——因为这让他敏锐地觉察到自己的衰老。他不再是那个戴尔瓦尔陪着去坐火车的年轻人了。

我被安排在桌子的一端，和古董商的朋友以及弗朗索瓦兹一起，棕色皮肤的少女弗朗索瓦兹是克里斯蒂昂·维纳格兰的未婚妻。她离开家庭，到处追随他。显然，维纳格兰被这份天真打动，适应了和她在一起的生活。古董商的朋友，那位有着完美侧脸的棕色皮肤男子在上戏剧课。他嘟囔着问我——在我看来——他适合演什么角色。我想起了他的名字，但这是他的真名，还是他为开启自己的演艺生涯而起的艺名？米歇尔·马雷兹。

不一会儿，大家都听着保尔·孔图尔用低沉轻柔的声音说话。在六月的夜里，这嗓音略带变化，比平时更加迷人，麦迪微笑着注视我。也许她是想确认一下这嗓音的魅力是否也对新成员产生作用。它的作用之大，让我总有同样的困扰：听不懂孔图尔在说什么，还得努力不被这嗓音催眠。是的，就是催眠。

道格有温厚的大人物风范，但他的眼神时常躲闪。他喜欢伊扎尔利口酒也许是因为它的颜色，这颜色让他想起家乡肯塔基的草场。

Doug avait des allures de colosse
débonnaire, mais souvent son
regard se voilait.
Sans doute appréciait-il l'Izarra
à cause de sa couleur
qui lui rappelait les prairies de
son Kentucky natal.

　　但那天晚上他说了什么？那些与他的柔和音色不相衬的事情。他聊着从前做的马匹生意，还有在沃日拉尔屠宰场的那个夜晚，当时他在等从南部开来的运载马匹的火车。他每次购买十来匹马，清晨护送它们去讷伊的马厩。有几匹马虚弱得走不了路。肉用的马匹，他在自己的马厩"将养"一下，以高价转卖给种马场。其中一匹甚至在马术比赛中赢下若干奖项。一匹去势的栗色马。总之，保尔·孔图尔救了它们的命。

　　夜已深，但孔图尔夫妇还是把我们挨个儿送到家门口。我是最后一个。我坐在汽车后座上，麦迪和保尔·孔图尔坐前面，道格开车。我问他们是否认识我隔壁办公室的同事乔治·贝吕纳很久了。我听见孔图尔低声说："……一直都认识……他甚至和我一起做过马匹生意……那时，他需要一张工作许可。"孔图尔没有再和我多说什么。分别前，他俩都和我说了些友好的话。他们原本很乐意把我纳入小团体中，但我的工作让我不得不服从于一丝不苟的时间表。

从十月开始直到次年六月，他们通常会在格罗布瓦度周末，那里是他们位于维耶尔宗附近的产业。他们也邀请了我。格罗布瓦的建筑结构奇特：白色立面，两片锯齿形的屋顶，带雨篷的窗户。三级砖砌的台阶环绕着整座房子，构成它的底座。这种样貌的别墅在索洛涅的风景中显得突兀。

戴尔瓦尔，那位浅色木制品行家，在附近拥有一处老旧的打猎小屋，他整修布置了一番，晚上就带着他年轻的朋友来格罗布瓦。或者，孔图尔夫妇、道格、维纳格兰、布尔东和乔治·贝吕纳应邀去他那里共进晚餐。戴尔瓦尔家里装饰着查理十世风格的浅色木制品和丝织品。回来后，保尔善意地嘲笑了戴尔瓦尔对查理十世风格的偏好。孔图尔自己最喜欢的风格是督政府时期的风格，他最欣赏的历史人物是巴拉斯子爵。他曾购买过一尊鲜少见到的巴拉斯胸像，出自加蒂之手，且自以为和他有几分相像。索洛涅的这处产业起名为"格罗布瓦"，就是为了向巴拉斯致敬，因为巴拉斯有一座同名的城堡。除侦探小说外，在孔图尔家唯一能看到的就是关于督政府时期的著作，这是保尔·孔图尔想要经历的时代。这个怪念头让他在小团体中得了"总督"这个外号，戴尔瓦尔在暗指麦迪时经常称她为"塔利安夫人"。

在格罗布瓦，晚餐后，道格摆好桥牌桌。保尔·孔图尔和贝吕纳开始下象棋。或者麦迪会建议打扑克。她的扑克好像打得很好。我在隔壁的房间和弗朗索瓦兹，也就是克里斯蒂昂·维纳格兰棕色皮肤的未婚妻，一起听唱片，现如今我感到遗憾，我们两人之间没有发展出更为亲密的关系，她当时满脑子想的都是维纳格兰，那个比我们年长十五岁的人。她走出房间，忧虑而又爱慕地看着他。维纳格兰巧妙地掌控着弗朗索瓦兹的情感，知道怎样让她原谅自己的恶毒言行或过于随便的态度。他把这个女孩留在身边。可能是他觉得，到了三十五岁就

A Grosbois, dans la villa du Cap d'Antibes et à Paris, on retrouvait les mêmes bouquets d'arums qui portaient la griffe de Maddy.
Elle avait dessiné elle-même les vases qu'elle faisait exécuter par un potier de Vallauris.

在格罗布瓦，在昂蒂布角的别墅里，还有在巴黎，大家能看到同样的马蹄莲花束，都带着麦迪的印记。
她自己设计了花瓶，让一位瓦洛里的制陶人做了出来。

该做些正经事了，比如结婚。布尔东，他努力忠实于南部海域探险者的人设，并坚持认为婚姻必须给他带来金钱和完全的自由。这就是为什么他打算和一位住在火奴鲁鲁的富有的美国女孩举行一场"夏威夷婚礼"，这女孩经常给他写信。她是混血儿，和卡拉卡瓦王有亲缘关系，这一点让我们附庸风雅的布尔东很满意。

在格罗布瓦，维纳格兰和她经常给我们放他们旅行的幻灯片。他们不放幻灯片的夜晚，麦迪就在客厅砖砌的大壁炉里点上火，道格弹吉他，给我们唱他家乡肯塔基州的抒情歌曲。布尔东和维纳格兰扯着嗓子唱其中的一首，《记忆的小路》，住在格罗布瓦的时候，还有之后住在昂蒂布角的时候，道格都教过我这首歌。保尔·孔图尔听着《记忆的小路》，目光若有所思。这首歌提到了马，看着它们清晨经过，再也不回来，这让他想起之前的职业。麻烦的是，我们再也无法让道格停下来，他会一直唱到第二天上午。

在格罗布瓦，小团体也按传统在圣诞节和平安夜相聚，按英语国家的习俗，要玩圣诞抽奖游戏。保尔·孔图尔在巴黎的梅吉斯里码头亲自挑选圣诞树，然后让人运送到索洛涅。那些夜晚，保尔的粗花呢、壁炉的火，还有枝条上燃着粉色和浅蓝色小蜡烛的圣诞树，这一切都给人带来温馨、安定的印象，我很快意识到这种印象如同幻觉。

我记得一天下午，在浅色木制品行家的家里。受他照拂的年轻人米歇尔·马雷兹虔诚地为我们朗诵波德莱尔的散文诗。保尔·孔图尔借机提出一个想法：为什么不组织一场"声光表演"？他来安排，就用相邻几公里的萨布雷城堡。克洛德·戴尔瓦尔的年轻朋友站在最高的塔楼上给表演做解说。对保尔来说，马雷兹就是这种场合的最佳人选。

孔图尔有很多点子。在格罗布瓦的一个周末，我听见他和维纳格兰、布尔东聊"生意"，我听到只言片语。是关于集中种植一些海藻，再拿这些海藻去喂牲口的事。孔图尔说的是拉阿格附近的海边空地，得赶紧把它买下来。如果饲料项目没成功，总还可以在空地周围筑坝，我们就有围垦地了。但为什么要有围垦地？是啊，说到底，为什么呢？

他的梦想——他自己亲口告诉了我，当时我们在格罗布瓦的乔木林里散步，保尔·孔图尔跟我说了好几遍，乔木，它们可比我们长寿——是重操旧业，做他的马匹商。我问他是否为中断律师生涯感到遗憾，他年轻时做得那么好。他显得很吃惊，以为我不知道他人生的这一细节，然后他用不容置疑的声音对我说，律师这个职业并不光彩，因为律师袍很丑，尤其是因为这职业让人说话过多。相反，和马匹的接触让人变得高贵。马，它们不说话。孔图尔从他的上衣口袋里掏出钱包，把他从屠宰场救下的去势栗色马的照片递给我看。这张照片安慰着他，因为每天夜里，他都做同样的噩梦。在我们住在格罗布瓦的日子里，以及夏天住在昂蒂布角别墅的时候，我们能听见他呻吟或者喊救命。他梦见马匹排成一列列长队被人赶去屠宰场。这些队列永无止境。它们令人眩晕。突然，他自己也排进了队伍里，和其他马匹在一起。他也是一匹马。就只是一匹送去屠宰的马。

Il était curieux de constater que
l'appartement ouaté de l'avenue
Paul Doumer et l'élégante
propriété de Grosbois tiraient
Grosbois tiraient leurs origines
des abattoirs de Vaugirard.

保尔-杜梅尔大街舒适的公寓和格罗布瓦优雅的房产都源自沃日拉尔的屠宰场，这一发现让人感觉怪怪的。

Paul était très fier d'avoir autrefois battu l'ex-roi d'Angleterre lors d'une partie de golf.

Celui-ci lui avait remis une photographie avec la dédicace suivante:

No hard feelings, Paul. Edward R.

保尔引以为傲的是曾经在一局高尔夫球赛中击败了前英国国王。

后者赠给他一张照片，题写着：

无需介怀，保尔。爱德华 R

他善意地问了我一些关于未来打算的问题。我缺乏实用精神，对运动和社交游戏兴趣索然，这很让他操心。他认为，这些东西三十五岁以后就会变得必不可少。它们可以帮我克服生之焦虑，如果我不从现在开始练习，以后我会迫切地需要它们。他试着教我象棋和桥牌，对我的关心甚至发展到帮我注册了网球俱乐部和讷伊的一个马场。因为他会去看我上课，于是我从不缺课。他本想让我上舞蹈课，并且考出驾照，但又不好这般催我。

我对服饰的漫不经心让他难过。一个秋天的下午，他把我带到科利泽路，他的裁缝那里，为我定做了两套西装，他亲自选了料子。然后我们在林荫大道上的一家理发店里并排坐着理发，孔图尔三十年来都在那里理发。晚上，我们单独在克利希广场的夏洛餐厅吃晚餐，当他对我说他挺想有一个像我这样的儿子时，我有些感动。我向他表达谢意。很遗憾，像孔图尔夫妇这样的一对璧人没有孩子，我想保尔和麦迪一定深受其苦。

在格罗布瓦，保尔和我，我们聊了一个好玩的

La photo de Maraize que Delval préférait. Elle avait été faite chez Ralph Simon, le studio de la rue de Presbourg. Elle figura deux années de suite dans l'Annuaire du Cinéma.

戴尔瓦尔喜欢的那张马雷兹的照片。是在拉夫·西蒙位于普莱斯布尔路的工作室拍摄的。随后两年，它都出现在电影年鉴里。

话题：他在两阵疯狂大笑之间告诉了我一些参加萨布雷城堡主人主办的"布夫蒙拉力赛"的曲折情节——他以复杂化这些情节为乐。他不喜欢围猎，认为人们以"杀戮"为目的使用马匹简直骇人听闻，但"布夫蒙"的团队领导——侍从样貌的粗鲁大个子——是一家银行的董事会成员以及若干董事会主席。孔图尔希望拉他入伙，就像他常说的，可以"薅他的羊毛"。

　　道格、维纳格兰和布尔东每次都会和他一起去萨布雷城堡，而我，我就独自留在格罗布瓦，和麦迪在一起。她在格罗布瓦给自己布置了一间画室，当她画画的时候，我就站在她身边。她想给小团体的每位成员画肖像，于是轮到我给她当模特了。当道格把我的肖像画挂在客厅墙上其他人的画像旁边时，我们小小庆祝了一番。她感动于我对她画作的喜爱。保尔那么不"艺术"……他只读侦探小说和关于督政府的书……战争刚一结束，她成立了一家时装定制店，只做了三个系列就濒临破产，只因负责"商业部分"的保尔冒失行事……于是，她决定投身于绘画事业。

我们常去森林里散步,她会把胳膊伸给我。她总穿铁锈红的骑马装。下雨的日子,我们在客厅里听她喜欢的唱片,客厅渐渐沉入黑暗中。有时我们跳舞,但更多的时候,我凝视着这个美丽而慵懒的女人,她躺在沙发上抽烟。一天下午,我亲吻了她,我感到她金色的秀发轻抚我的脸颊,但保尔和其他人出乎意料的到来阻止我们继续下去,我得说——非常遗憾——这样的机会再也没有出现过。

格罗布瓦的管家想要保尔和麦迪当她女儿的教父和教母。洗礼就在邻近的一个为圣于贝尔祝圣的小教堂里举行。我们都参加了。道格拿着孔图尔夫妇送给他们教女的礼物——两个刺绣抱枕和一只银质杯子,乔治·贝吕纳告诉我,这是他上周根据孔图尔的吩咐从皮埃尔-夏隆路的当铺弄来的。在弥撒的过程中,我不禁思考起我们这个小团体风格混杂的一面:道格,身形笔挺,脸色泛红,目光坚定;克里斯蒂昂·维纳格兰和布尔东,身着打猎装,挺着胸；克洛德·戴尔瓦尔，一套银灰色西装闪得像盔甲；他年轻的朋友，看上去像一个迷失在索洛涅的希腊牧羊人；还有乔治·贝吕纳，像某个遥远国度的驻法大使馆里的译员；麦迪和她的金色秀发……这孩子要是知道，这么奇特的一群人聚在一起庆祝她成为基督教的信徒，该会有多吃惊。

这不同寻常的情境应该也被保尔·孔图尔看在眼里，因为他和我谈起过他的担忧。麦迪和他能否很好地担负起对他们教女的责任？他自己的生意起伏不定……格罗布瓦的房子在一点点衰败，他悄悄告诉我，这房子已经抵押出去很久了。

Le bruit du ressac évoquait pour Delval les temps lointains du Toulon et du Villefranche d'avant-guerre, peuplés de pompons rouges et de regards clairs.

海浪拍岸的声音让戴尔瓦尔回想起遥远的时光，战前在土伦和维勒弗朗什的时光，到处都是戴着红绒球海军帽、目光清澈的水兵。

A l'Hacienda, d'orageuses parties de pétanque se prolongeaient
jusqu'à la tombée du jour.
Les amitiés se défaisaient et se renouaient autour du cochonnet.

在阿西昂达，激烈的地滚球赛一直持续到太阳落山。
我们的友谊也围绕着目标球分分合合。

我们一头扎进冬季。一月，二月，三月过去了。四月，小团体通常会在基茨比尔住一段时间，乔治·贝吕纳的一位儿时好友，叫什么布鲁诺·卡麦尔的，在这个奥地利滑雪胜地拥有一座宽敞的木屋。但我认识孔图尔夫妇的时候，卡麦尔刚出手卖掉了他的木屋，这让大家心里空落落的，因为十年来，他们已经习惯了每年都到山里住一个月。贝吕纳给我描述过出发去基茨比那夜在火车东站的情境：孔图尔夫妇带着三个旅行衣箱，布尔东、维纳格兰和米歇尔·马雷兹已经穿着红色粗毛线衫和滑雪裤出现在月台上，道格用口哨轻轻吹着《记忆的小路》，从搬运工那里取来大家的滑雪板，亲自把它们放到卧铺车厢的四间包房里。浅色木制品行家戴尔瓦尔不陪他们去基茨比尔，因为他怕雪。他不情愿和米歇尔·马雷兹分别，但又不好阻止他去度假。

52

春天过去了，六月标志着一个新轮回的开始。小团体去阿西昂达庄园度夏，那是孔图尔夫妇位于昂蒂布角的别墅。

那一年，我正好住在蓝色海岸，就去拜访了他们。格罗布瓦的周末因为社交游戏、森林散步而显得那么祥和安宁，相比之下，南法的气候则把大家丢进了恒久的兴奋中。比之其他地方，大家猜测，孔图尔夫妇曾在阿西昂达庄园经历过一段排场盛大的时期，看看阿西昂达的家具、它逐渐褪色的赭石色泥灰层还有蜿蜒的凉棚就可知一二。从那时起，小团体的成员一直"势头"不减，并深信一切都没有变。当然，那些地方还在：保尔-杜梅尔大街的公寓、格罗布瓦、阿西昂达，但有点像我们跟随导游参观的那些城堡中的舞会大厅，它们荒凉而寂静。有一天，我问了保尔，我想让他告诉我一个确切的日期，对他来说，困难到来的确切日期。在他看来，想要知道这一点的最好方法，就是找一个人类历史中的重要事件作为参照点。他思索片刻告诉我，他

的"黄金时代"结束在奠边府战役和苏伊士运河危
机之间的那段时期①。

在昂蒂布角，小团体成员们试图以加倍的热情
扭转颓势。为什么让人感觉，他们是在被卷入时代
的洪流前做最后的挣扎？保尔·孔图尔的脸有时会
在阳光下流露出一丝焦虑，但我欣赏他步入夜场时
的从容和威严。他管那些上香槟的服务员叫"换酒
人"，想以此暗示应该不断换上新的香槟。我还听到
他说："换酒人，这里……"一边用食指指着我们的
杯子，示意给我们满上，他接着说："干了……"我
敢打包票，他三十年来都坐在同一把椅子上，同一
张桌前，觥筹交错间，布景、乐队变了，外面的灯
光招牌、政府以及女人们的裙子也都变了。孩子们
长大了。依然如故的只有保尔·孔图尔笔挺的身形、
他的食指，还有三十年来用同样的低沉声音、同样
的节奏说出的短句："换酒人，这里……干了……"

在阵阵笑声和不时爆发出的尖锐的说话声中，

---

① 奠边府战役发生在越法战争后期，1954 年 3 月至 5 月；苏伊士
运河危机是英法为取得苏伊士运河的控制权，向埃及发起的军
事行动，发生在 1956 年 10 月。

A l'Hacienda, Maddy avait elle-même décoré l'un des murs du petit salon.
Des peaux de bêtes réchauffaient le dallage provençal.

在阿西昂达，麦迪亲自装饰了小客厅的一个墙面。
兽皮给普罗旺斯的石板地增添了一丝暖意。

两个人保持着冷静：米歇尔·马雷兹，浅色木制品行家的年轻同伴，还有一直爱着维纳格兰的弗朗索瓦兹，她忍受着维纳格兰焦虑躁动。就在那一天，我看见她哭了，并徒劳地安慰了她。

浅色木制品行家戴尔瓦尔享受着纯粹的幸福。他特别喜欢孔图尔夫妇的别墅：他不就是在茹安-莱-潘的海滩上认识了米歇尔·马雷兹吗？当时他在阿西昂达小住。那年夏天，马雷兹刚在他的家乡土伦服完海军兵役。在戴尔瓦尔身上显现出一个奇特的现象——是他自己告诉我的，因为他信赖我的谨慎。凝视着这个年轻的土伦水手，他所看见的是自己的二十岁：土伦和他的神秘过往，鸦片，奥斯卡·杜弗莱纳，以及三十年代的其他记忆，那时候，他，戴尔瓦尔，是帝国剧院舞台上"古怪的杂耍演员"，而后，一位浅色木制品古董行家在室内的散步长廊里注意到他，很喜欢他，于是领他入行。现下这位年轻人——甚至自己都不知情——在戴尔瓦尔眼里勾起了所有这一切，磨灭了时间。

一位印度支那人经常加入我们，他是安南末代皇帝时代的一位部长的儿子，曾是维纳格兰和布尔东在蒙赛尔初中的同窗。他娶了一位马赛女人，叫什么碧露，在戛纳经营一家香氛店。古怪的一对。他，高个子，体魄健壮，脸庞有些臃肿。她，小巧的棕色皮肤女子，声音洪亮。她在家和他大吵大闹，到了闻所未闻的地步，他就随她去大喊大叫，嘴角叼着烟，时不时吐出烟圈挡住整张脸，或者冷笑着紧紧盯着她看。每次他们陪我们去餐馆或一些公共场合，她总是叫喊，徒劳地挑起事端，他从不出错。这样的无动于衷——他认真地削着苹果，而她在骂他"杀人犯"——能够抹去我们称作"马赛女人"的那一位的存在。她拼命抗争的样子令人动容，仿佛想要躲过灭顶之灾，摆脱遗忘。他们最终总会和解，这刚好成了小团体喝上几杯鸡尾酒的借口，大家祝他们健康，然后出发去赴维纳格兰口中所说的"盛宴"。

碧露结婚前是《巴黎-好莱坞》杂志的裸体模特。这个傻瓜维纳格兰好不容易在昂蒂布的一位旧货商那里找到了这本杂志的几期旧刊。在其中一本的封面上，我们认出了侧身四十五度的碧露，穿着极小的花边三角裤。碧露来别墅的时候，维纳格兰不加掩饰地把这些《巴黎-好莱坞》到处放，这使她的心情加倍地糟糕。

铎——那个印度支那人——在购买勒卡内附近的一座小型废弃机场的时候花了一大笔钱。他弄到了三架旅行飞机和几架滑翔机，梦想在那里成立一个飞行俱乐部。一天下午，我陪保尔·孔图尔、维纳格兰和布尔东去铎的机场。维纳格兰和布尔东想要开飞机，并沉溺于做出一些越来越危险的空中特技。受旧时同窗的刺激，铎一个俯冲赶超他们，差点要了自己的命。我们在停机库里喝了一杯，铎把这里命名为"空军中队酒吧"，红色的字体从钢板上凸显出来，保尔·孔图尔用他悦耳的嗓音跟我们说，这个空中俱乐部的点子很不坏，他会考虑一下。利用数额极少的投资和巧妙的广告——为什么不邀请他们的保大帝 [①] 担任名誉主席？——这生意能发展

---

① 越南阮朝第十三任皇帝，也是越南的末代皇帝。

Dô gardait pour l'Empereur une fidélité respectueuse

铎保留着对皇帝陛下充满敬意的忠诚。

起来。是的，但首先得给这个俱乐部想个朗朗上口的名字。保尔提议："蓝色飞行"。

我很吃惊，在阿西昂达我们居然使用蜡烛照明。乔治·贝吕纳告诉我，这完全不是孔图尔夫妇的别出心裁。这里断了电，别墅衰败了，和格罗布瓦一样被抵押了出去。保尔·孔图尔在保尔-杜梅尔大街那套公寓里勉强躲过了查封，与以往相比面色发紫的道格在巴黎和昂蒂布角之间多次往返，印证了这一令人担忧的经济状况，保尔试图远程重整旗鼓。他冷静地面对现状，还问过我们，如果情势危险，九月的时候去巴斯克海滨地带"避避风头"怎么样。

然而，在阿西昂达的每个夜晚，当我们在烛光中用餐，迷人的气氛荡漾在四周。麦迪的美在其中起了不少作用，当然还有保尔放荡不羁、爱做梦的性格，这种无忧无虑并未被生活消磨殆尽，如他所言，他的性情"一半是优雅车夫，一半是放荡吉普赛人"。

道格给我们唱那些抒情歌曲，将近凌晨两点，

Paul regrettait son " bol d'air "
annuel dans le chalet de
Bruno Kramer
à Kitzbühel.

保尔深感惋惜，在布鲁诺·卡麦尔位于基茨比尔的木屋里
有他每年的"新鲜空气"。

我们去找维纳格兰和布尔东，他俩喝多了，不告而别。夜色中，我们试着捕捉他们的声音。两人声嘶力竭地唱着《记忆的小路》的副歌，风为我们带来了一些片段，伴着松树的清香：

> 记忆的小路
>
> 只有那一次，马儿走过记忆的小路
>
> 但马蹄的印记依然留存……

没有方向的随意寻找把我们带到了加鲁普海滨，我们在那里游了泳。

麦迪的一位儿时伙伴，叫什么苏棕·瓦尔德，一年到头都独自住在格拉斯，她一直和我们在一起。她很瘦，肤色较深，顶着一颗了无生气的金发脑袋。她把所有的气力都用在打理花园上，希望把花园做成科莫湖边那座加尔洛塔别墅花园的微缩版。我记得她开一辆水绿色的敞篷小车。麦迪和她都出生在索米尔，十八岁时一起跑去巴黎当模特。索米尔……这地方令保尔·孔图尔浮想联翩。麦迪笑着

Où Suzon Valde puisait-elle tant d'énergie pour le jardinage ? Elle affirmait que c'était au cours de ses interminables bains de soleil.

苏棕·瓦尔德哪儿来的那么多打理花园的精力？据她所说是因为她那没完没了的日光浴。

说，他娶她就是因为她是索米尔人。而保尔，用他低沉的嗓音聊起马蹄在索米尔的石板路上敲出的声音，那时是黄昏，它们回马厩去，还聊起气味、马术场的沙子、琥珀色的酒，是所有这些事物给生活赋予了意义。

我的天啊，这多么符合我对生活的想象，就在这天接近黄昏时，我们大家都在海滩上，这里难得空旷无人……有些人偶然相遇，组成了一个小团体，然后分开，解散……克里斯蒂昂·维纳格兰和布尔东在这边，道格在那边，弗朗索瓦兹和浅色木制品行家的年轻同伴在打球，中间仿佛隔了一张排球网。克洛德·戴尔瓦尔当裁判，他光着上半身，黑腰带白裤子，摆出的姿势让人想起曾经的舞者。再远一点儿，苏棕·瓦尔德身着青绿色的泳装，躺在最后几缕阳光下。保尔披着毛巾布浴衣，翻看一本维也纳西班牙骑术学校的影集。而我，在麦迪·孔图尔的陪同下散着步，心里想着，从一开始我就爱上了她，她那么动人，因为她即将步入衰老，但那天下午，她看上去才三十出头。如果说在今天看来有一件事让我后悔，那就是没有娶她——我一直幻想着，但不敢跟她说，想着保尔·孔图尔不会接受离婚。年龄差距？但年龄差距究竟是什么？玛德莱娜和我，我们本可以是美好的一对。算了。她留给我的唯一一样东西是一本波斯故事集，在昂蒂布角时送给我的，她在扉页写了这句题献："纪念阿西昂达的美好日子"……

　　我最后一次见到他们所有人是在一个不那么隆重的场合。克洛德·戴尔瓦尔，那个浅色木制品行家，有一天晚上，租了一间位于凡尔赛的话剧小厅，请我们来看他的年轻朋友在《反复无常的玛丽安娜》剧中的一场戏。除了孔图尔夫妇、布尔东、维纳格兰、乔治·贝吕纳、道格和我，来看演出的还有法兰西戏剧院的主管，非常高贵的一位先生，他和戴尔瓦尔以你相称，叫他"克洛迪欧"。（贝吕纳告诉我，戴尔瓦尔从前在帝国剧院当"杂耍演员"时用的就是"克洛迪欧"这个名字。）浅色木制品行家请他来是希望他能够给自己照拂的同伴提些意见。

　　米歇尔·马雷兹表现得不错。弗朗索瓦兹给他提词。《反复无常的玛丽安娜》的舞台被维纳格兰和布尔东不礼貌的掌声扰乱，他俩喝醉了。但法兰西喜剧院的主管说了一些鼓励的话，缓和了气氛，也让全程冒着大颗汗珠的"克洛迪欧"·戴尔瓦尔放下心来。保尔·孔图尔把所有人拉去了阿弗雷城的一家旅馆。他已经开始说要订一部由马雷兹主演的戏剧了。

无可救药的保尔。

十五年来包围着他们的薄雾有时也会撕开口子。保尔·孔图尔：他无忧无虑，但他的脸在昂蒂布的阳光下让我觉得憔悴苍老。麦迪：她好很多，因为漂亮的眉形，有峡湾光泽的眼睛，以及她的微笑。布尔东：他经常戴着快艇驾驶员的头盔，叼着烟斗，他那么想要扮成一位南部海域的船长，让人有些感动。就像他的儿时伙伴维纳格兰一样，他的目光迷茫，在不变的古铜色肌肤上十分明显……还有维纳格兰紧绷的欢愉，随意和人打赌，对于危险运动充满热情，这种热情让他安静腼腆的未婚妻弗朗索瓦兹如此担忧……最后，道格，发红的、坑坑洼洼的皮肤，一会儿这边一会儿那边，跑跑龙套，或者唱着《记忆的小路》。

我有幸和他们中的每一个人单独相处过一阵，我记得道格邀请我共进晚餐。喝完一瓶绿伊扎拉后，他和我聊起了他青春，当他还拥有细腰丰臀、白净脸庞的时候，当他在奥马尔·布莱德雷麾下参加诺曼底登陆的时候。一天早上，布尔东带我去布劳涅森林划船，我们在特兰草场餐厅吃午餐，他母亲在那里等我们。她有着祖母绿色的眼睛，她那最优雅、最法式的鼻子让我凝视良久，仅次于画家伊萨贝 [①] 笔下约瑟芬肖像画上的鼻子。她见识过各式各样的男人，布尔东记得曾经抱过自己的人有自行车冠军夏尔·贝里西耶、剧作家雅克·德瓦尔、飞行员戴托亚，以及其他好些人……他喊她"妈妈"，依然是小男孩的声音，她叫他"斑比"，我猜想是她在生活上接济着他。

另外一天夜里，弗朗索瓦兹跟我敞开心扉地聊

---

① Jean-Baptiste Isabey（1767—1855），擅长肖像画的巴黎画家。

了一点她自己的事。她是比亚里茨一所学校女校长的女儿。十七岁那年夏天，在巴斯克的海滩，她认识了维纳格兰。一见钟情。维纳格兰和布尔东在布尔东的养父那边度假，她来到老布尔东破败的城堡和他们一起住，那是一段蜜月期。

还有和米歇尔·马雷兹沿着杜伊勒里花园的露台散步，然后去阿尔托瓦路的浅色木制品商店与戴尔瓦尔汇合……像这样与他们单独见面，我感觉自己是一只蜘蛛，在他们之间织出越来越多分叉的网，他们的小团体在我周围变得愈发紧密。

戴尔瓦尔经常提及"西贝尔塔的奇幻舞会",他和他的朋友艾斯康德一起参加过。

松树林里,梦幻般的置景,侯爵C隆重地迎接着他的宾客。

Delval évoquait souvent le "Bal magique de Chiberta", auquel il avait participé son ami Escande.
Dans un décor de féérie, sous les pins, le Marquis de C. avait fastueusement reçu ses invités.

十几年后，我再度回到法国，向少数几个可能知道他们所有人下落的人打听消息。这些消息，它们都不对，这让我更深刻地理解了：时光业已流逝。我，那么一个时常观察他人老去的人，终于不得不承认，我的青春已近尾声。

　　因为保尔多次遭遇经济上的挫败，格罗布瓦、阿西昂达和保尔-杜梅尔大街的公寓都被查封了。我找到一张拍卖广告单，当我看到家具目录中有"两扇镜面屏风、一张中国矮桌"时，立即想到了麦迪的画室。

　　阿西昂达被拆掉了，在它的位置上建起了一座金字塔形的建筑。格罗布瓦变成了一座度假村。我知道麦迪·孔图尔画的我们所有人的肖像还挂在客厅的墙上。搬家的人没能把它们卸下来，因为保尔坚持把它们像圣像那样嵌入壁龛。孩子们会在我们

斯嘉丽的经理巧妙地进行了重新装修，新的装饰令人想起美国南部。

Le directeur du Scarlett avait habilement reconstitué un décor qui évoquait le Sud des Etats-Unis.

永恒不变的面孔前玩耍。他们最终会熟识我们几个，也许还会给我们起些亲热的外号。或者，他们的墨水、雪球会把我们溅污。

破产后，孔图尔夫妇住在克里斯蒂昂·维纳格兰在卢瓦尔-大西洋省的一处乡村城堡里，这房子是他继承的遗产。保尔"恢复了元气"，他劝说维纳格兰接待付费房客，把占地几公顷的公园改成高尔夫球场，并在旁边的空地上种植覆盆子。保尔的活跃和活力与维纳格兰的消沉形成鲜明的对比，弗朗索瓦兹已经离开了维纳格兰。黄昏的时候，经常能看见他，在小城堡附近的大池塘里，垂着头，沮丧地坐在一条船上。需要麦迪极其温柔的劝慰，他才同意回到岸边。

当克里斯蒂昂·维纳格兰在小船上出神的时候，格雷兹高尔夫俱乐部和覆盆子树花掉了他所剩的资金，但他并不责怪保尔。他们三人躲避到距这里几公里的一座极小的别墅里，在布努瓦海滩，它是"贴现银行子弟"剩下的唯一财产。

在此期间，"小团体"遭遇了几次脱团。道格在观看罗兰-卡洛斯国际网球公开赛时突发心肌梗塞，他认为离开法国回故乡肯塔基更稳妥，在那里，马儿在记忆的小路上只走一趟。布尔东也离开了，一天晚上，他谁也没通知就走了。他在某个地方结束了一种当我遇见他时就已经相当不稳定的生活。我全心全意地祝福你，我亲爱的斑比，我祝你如愿庆祝你的"夏威夷婚礼"。

孔图尔夫妇好像过着一种非常"炖菜"的生活——保尔的众多语汇之一。他们住在拉博尔的维纳格兰家里，保尔把别墅命名为"我的救生圈"。他老了很多。而麦迪没有。为了保持身材，她变得经常运动，从三月开始就去游泳。在拉博尔，大家都认识她，那些夏日度假者，不知何故，还会去问她要签名。

夏季，保尔·孔图尔和克里斯蒂昂·维纳格兰负责经营众多儿童俱乐部中的一个，这些俱乐部分布在从勒普利冈到波尔尼谢之间。我猜保尔喜欢这项活动。他不是曾经跟我承认过吗？对他来说有一样东西和马匹同等重要：海滩。是的，无论何种情

Au C.B. Bar, Monsieur Méo recevait
à intervalles réguliers des appels
téléphoniques de son épouse
qu'il appelait « mon gouvernement ».

在 B.C. 酒吧，梅欧先生每隔一段时间就会接到妻子的电话，他称她为
"我家领导"。

况下，保尔，看上去灵活而又不紧不慢，总像是从
海滩回来，脚上穿着绳底拖鞋，每跨一步，都会从
绳间缝隙里漏出一股细沙。阳光下的沙滩，一派永
恒假期的景象，孩子们认真地堆着沙堡，这些沙堡
和保尔·孔图尔的项目一样脆弱易碎，晒成古铜色
的女孩们穿着绿色的泳装，那边，赌场老板——英
俊的男人，对于六十岁的人来说很英俊——面朝大
海做着他的日常锻炼，举小哑铃……保尔对所有这
一切都容易动情，我能想象，当他意识到夏季即将
结束，他马上就要拆掉滑梯、跷跷板和秋千架时，
他的心会一下子收紧。

随着挪威天鹅飞过，秋天来了，得给自己找点
事情做。于是，大家在"我的救生圈"的客厅里打
牌，下国际象棋，或者听麦迪的唱片。这时，大西
洋的风吹起来，沙子一点点覆盖空旷的大街。

克里斯蒂昂·维纳格兰在情绪低落的间隙也没
放弃那些愚蠢的赌：其中一个赌，是在漆黑的夜里
开着他自己马虎修理的一架老式桥戴尔飞机，在盖
朗德附近的盐田降落。他拒绝任何信标系统，选择

Au cours de ses virées, Doug retrouvait souvent Grete, infirmière de la Croix Rouge entre deux missions périlleuses.

在酒吧晃荡时，道格经常遇见红十字会的护士格莱特，刚执行完一次危险任务，又将奔赴下一个任务。

Le général de Gaulle en personne lui avait remis jadis la Légion d'Honneur.

戴高乐将军曾亲自给她颁发过荣誉勋章。

没有月亮的夜晚。愿上帝保佑他。

戴尔瓦尔和他年轻朋友的名字四五年前仍出现在电话号码簿上，号码没变，在里沃利路。现在，两个人都不在那里了。阿尔托路上的浅色木制品店换成了一家成衣店。米歇尔或者"克洛迪欧"，如果你们读到这个，无论你们在哪里，请行行好，和我联系吧。

还有把我介绍给他们认识的乔治·贝吕纳呢？他自杀了。我经常想起他。最后，他告诉了我一个秘密：他出生在维也纳，原名格奥尔格·布鲁埃内。二十三岁的时候，他为一部轻歌剧《夏威夷玫瑰》作曲，他在基茨比尔的朋友布鲁诺·卡麦尔写了剧本。这部轻歌剧获得了巨大的成功，讽刺的是，《夏威夷玫瑰》里迷人的、充满异国情调的副歌被广为传唱、红遍柏林的大街小巷时，正是阿道夫·希特勒当选的时候。我猜测，那个时期，格奥尔格·布鲁埃内之所以在巴黎结识了奥斯卡·杜弗莱纳，是因为杜弗莱纳想要在他位于蒙马特市郊的杂耍歌舞剧场上演《夏威夷玫瑰》。私下想来，纳粹掌权和杜

Le Bébé qui revenait sans cesse dans la conversation de Delval n'était ni son neveu ni son filleul, mais Bébé Bérard, peintre subtil et juge infaillible en matière de goût.

戴尔瓦尔在交谈中不断提到的那个宝贝既不是他的侄儿也不是他的教子，而是宝贝贝拉尔 ①，洞察力极强的画家，永不在品位方面犯错的鉴赏家。

---

① 原名克里斯蒂安·贝拉尔（Christian Bérard，1902—1949），昵称"宝贝"。

弗莱纳被杀发生在同一年，这不奇怪吗？

不久，格奥尔格·布鲁埃内离开维也纳来到法国，更名乔治·贝吕纳。

他责怪自己轻浮。他对我说，自己不应该在人类文明遭受劫难的前夕写什么轻歌剧。我持相反态度：潜意识里，他是希望玫瑰的花瓣和轻抚菩提树下大街两旁大树的夏威夷吉他能够协同一致对付厄运。我甚至描述了一个令他发笑的画面：他就像乌贼，感到危险来临时就喷出一团黑色墨汁，让人看不清它逃跑的路线。可惜了，布鲁埃内和卡麦尔的《夏威夷玫瑰》。

在我们所有人中间，弗朗索瓦兹是出路最好的一个。多年来，大家都能在大银幕上欣赏她。她改了名字，有一天晚上，在经过香榭丽舍大街的转盘时，我看见一张电影海报，她在那部电影里饰演主角，我看着她那张被过度放大的脸。我当然认出了那个年轻女孩，那个用忧伤的眼神注视着克里斯蒂昂·维纳格兰的女孩。

她和我，我们曾一同迈进二十岁的门槛。如果我们还能相遇，我们不久将会是仅剩的，能够谈起格罗布瓦的旧时光和阿西昂达的美好日子的人了。但她还想谈吗？有时，人们会努力忘掉那个在你人生起步时主导你生活的小团体。

1979 年 6 月 12 日，巴黎

Delval avait su créer un climat enchanté
dans la chambre de Maddy. Mais les nuages
que Dimitri Bouchêne avait peints au plafond
ont dû disparaître sous les couches
de peinture.

Et ces miroirs, qui pendant tant d'années
reflétèrent la belle maîtresse des lieux?
Ont-ils été brisés?

左：戴尔瓦尔知道怎样给麦迪的房间营造梦幻般的氛围。但迪
　　米特里·邦谢纳在天花板上画的云朵消失在一层又一层的
　　涂料之下。

右：还有这些镜子，它们年复一年地映照着这里美丽的女主人
　　吗？它们碎了吗？

时光漫步者

—— 关于皮埃尔 · 勒唐与帕特里克 · 莫迪亚诺

史烨婷

你会以什么样的方式回忆过去？有没有试图挽留那些旧时光？我们走在各自的路上，默默回想过去。回忆是如此私人化的一件事，以至于多数时候让人无从说起。一些难以名状的感觉，缥缈又真实，切近又遥远。乔治 · 桑说："回忆是灵魂的芬芳。"（Le souvenir est le parfum de l'âme.）当这缕芬芳遇见了另一个灵魂，我们又能期待些什么？

皮埃尔 · 勒唐和帕特里克 · 莫迪亚诺就拥有这样的相遇。

一

二〇一九年九月十七日，莫迪亚诺为好友勒唐写下悼词："我初次见到皮埃尔 · 勒唐是在一九七八年十一月。此前，他给我写了一封信，漂亮的字体落在优雅的蓝色信笺上。"信中提及勒唐的父亲与莫迪亚诺父母在战争期间结下友谊。

皮埃尔·勒唐的父亲勒弗（Le Pho）是一位越南画家，东京总督的儿子。他一九三一年来到欧洲，在美术学院学习、遍访各大博物馆。一九三七年定居法国，战后与一位法国军官的女儿结婚，育有两子。皮埃尔·勒唐童年时家住巴黎沃日拉街（Vaugirard），生活优渥，享有浓厚的艺术氛围。他时常观看父亲作画，很早就显露出对绘画和艺术品的热爱。童年的他把名画的明信片、日本版画、中文或日文的旧书当玩具，对博物馆和古董店充满兴趣。日复一日，耳濡目染，皮埃尔·勒唐自然而然地走上艺术道路。成年后的勒唐成为画家，同时也是收藏家，他位于波旁宫广场，正对着国民议会的两套公寓里摆满了经年累月积攒下的藏品：地毯、雕塑、瓷器、日本漆器、路易十六风格的梳妆台……勒唐将自己对于收藏的痴迷描述成一种"无法满足的饥渴"，走入德鲁奥拍卖行（Drouot）的拍卖厅，就像赌徒进了赌场。

十七岁时，母亲的一位美国朋友建议皮埃尔·勒唐把自己的几幅小型画作寄给《纽约客》。这家知名美国知识分子杂志选中了好几幅勒唐的画作，并最终出版发行了两期以勒唐画作作为封面的杂志。年轻画家的职业生涯就此开启。他常居巴黎，与《纽约客》频繁合作，他的经理人泰德·莱利（Ted Riley）在业界非常知名，也同时是桑贝（Sempé）和斯坦伯格（Steinberg）的代理人。除了《纽约客》，皮埃尔·勒唐还为诸如《纽约时报》（*New York Times*）、《时尚》（*Vogue*）、《财富》（*Fortune*）等报纸、杂志供稿。除了自己单独出版的儿童绘本，他也为书籍绘制封面、插图，绘制封面的工作始于好友约翰·特雷（John Train）的小说《著名的金融菲亚斯科》（*Famous Financial Fiascos*），之后一发不可收，先后绘制了马塞尔·埃梅（Marcel Aymé）、亨利·马修斯（Harry Mathews）、雷蒙德·卡佛（Raymond Carver）等作家的作品封面，当然，帕特里克·莫迪亚诺的作品也在其中。

二

　　皮埃尔·勒唐出生在法国，虽然父亲是越南人，但勒唐自己从未踏足过这个对他来说遥远而神秘的亚洲国度，他一直生活在巴黎。长着亚洲面孔的画家感觉自己的亚洲特质与生俱来，融于血液。他的行为方式和思考方式是亚洲式的：为人低调、害羞。在接受法国电视五台采访的时候，他把自己的绘画风格也定义为亚洲式的：线条简洁、精确，带着不太准确的透视。

　　而他画作中所表现的人物，并不是亚洲人。画作的主人公总是独自一人，人物背对着观者，向远方走去，即将消失在街角。即使是一个侧影，也终究因为距离遥远而看不清容貌。而人物所在的环境，往往是城市，有着欧式建筑的城市：巴黎的行道树，罗马的房屋、窄街，尼斯的棕榈树……有时是夜里，有橙黄的灯光，有时落了雪，光秃秃的树干和老式小汽车上覆盖了一层白雪。场景里没有其他人（有时干脆一个人也没有），寂静一片。若有，那个人物也是融在环境里，在整体氛围的衬托下显得渺小而清冷。孤独，应该是观者最直观的感受。画作的氛围令人想到美国画家霍珀的作品，一样的城市景观，一样融入背景的人物，比如《夜游者》(*Nighthawks*，1942)、《周日的清晨》(*Early Sunday Morning*，1930)、《圆形剧场》(*the Circle Theatre*，1936)。但霍珀的人物又是不同的。虽然他们一样在城市的背景里各自孤独，但身体本身已然呈现出颓丧的姿态，霍珀笔下有太多低头沉思的姿态，且他们的神情清晰可见：迷茫、烦躁、悲伤、苦涩……直观地传递着不快乐的信号。日常的城市街景或居家内景，因为人物的神情和姿态暗自涌动着几许不安，让人不禁猜测，这悲伤和压迫感来自何处？他的生活发生了什么？

勒唐的画作带着忧伤的基调，却没有压迫感。画家对于日常小物、室内陈设、灯光色调的描绘甚至有几分儿童画的意趣。勒唐描绘的日常是细碎的、有趣的、美的。办公桌和背景挂满照片、画、证书、便条的墙，早餐桌上的蛋杯，各式瓷瓶和陈列瓷器的架子，一件一件摆满整个画幅的儿童玩具……让人联想起勒唐满是藏品的家，在画作中以及生活中表现出来的"恋物"情节，向观者温柔诉说着画家对生活的爱。很难想象，即使在今天，画家依然保持着对旧物、旧城、旧时代的无限怀想和依恋。勒唐没有手机，不用电脑。这是一种抵抗的姿态，反抗铺天盖地的数字化，保留一点点自由。他说自己"只对过去的事和物感兴趣。只以它们为参照。生活越是滚滚向前，自己就越是念旧"。他喜欢活在这样的时间差里。他的公寓里满是古董和书，成千上万、无处不在的书，却没有一块屏幕。他总觉得现在的生活缺乏迷人的魅力，六十多年前的艺术家们才真正生活得无忧无虑。

除了城市街景和日常小物，勒唐画作中时常出现的意象是"窗"。这些窗户各不相同，大的、小的、双开的、上下移的、由内向外望的、由外向里看的、有风景的、有植物的……依然是宁静的基调，有时窗前有把椅子，有时观者的注意力被他一径引到窗框框住的风景上。偶尔，勒唐也出离现实，窗外一片茫茫，只挂一道彩虹。更有大敞的窗，外面填满蓝天，天空中飘飞着一颗鲜红可爱的心，颇有几分超现实主义大师勒内·马格利特的意蕴。

还有另一个人对"窗户"似乎也情有独钟。

三

那人就是莫迪亚诺。作家在小说创作中，经常有意让内、外景交汇于窗口，"凭窗而立"的视角被作家钟爱。小说《夜半撞车》中，在医院的"我"走到窗前，发现窗户朝向一片雪地，仿佛滑雪道的出发点，"我"想象自己伴着乙醚的味道在那永无止境的坡道上滑行。窗口放飞了作家的想象，如内心世界的一个出口。真实与幻象在窗口瞬间融汇。《暗店街》中，窗前视角反复出现："天黑了。窗户开向另外一个四周有楼的大院子……我注视着大楼的这一个个正面，照得通明的这一扇扇窗户，它们和我面前的窗户一模一样。"

而至于暗着灯的那些窗户，"[……]似乎吸收了渐渐降临的夜色。这些窗户是黑的，看得出里面无人居住。"莫迪亚诺在窗前观察着他的巴黎，他身在其中又置身其外。尽收眼底的是片断的真相，藏在一个个窗户背后的是永恒的谜题。"凭窗而立"也是思考的姿态，面对广场、街巷、人流和万家灯火，作家的情感正如巴什拉所说："巴黎没有家宅，大城市的居民们住在层层叠叠的盒子里。"这般的景致才让人物心中生出感慨：个体渺小，下一秒便能消失在谜团重重的大都市。

莫迪亚诺在《凄凉别墅》里写道："在人生的每个十字路口，总有那么几位如哨兵般矗立的神秘人物。"勒唐与莫迪亚诺成为彼此人生路上哨兵般的重要人物，而他们的交汇更像是为彼此找到了一位携手悠游记忆长河的伙伴，一样的忧伤、念旧，一样感喟着"永恒的巴黎"①。

从二十世纪七十年代末开始，皮埃尔·勒唐和

---

① 莫迪亚诺曾在一篇文章中称自己的写作是要"把巴黎变成我心中的城市，我梦中的城市，永恒的城市……"（参见金龙格：《镶嵌在丰碑作品上的璀璨宝石（印刷后记）》，见［法］帕特里克·莫迪亚诺《青春咖啡馆》，金龙格译，北京：人民文学出版社，2010年，第133—148页。）皮埃尔·勒唐曾于1988年出版绘画散文集《我年轻时的巴黎》，由莫迪亚诺作序。

莫迪亚诺的创作相互交织。当莫迪亚诺大部分作品再版、做成口袋本时，都会替换掉原封面的黑白摄影作品，而采用由勒唐绘制的封面。为人熟知的《暗店街》《凄凉别墅》《蜜月旅行》《八月星期天》《废墟的花朵》……都采用了勒唐封面。

勒唐画作中忧伤的氛围、怀旧的气质与文学作品契合度很高。而画作中呈现的主题更是小说的绝佳视觉注解。《凄凉别墅》封面上那条看似不经意入画、着黑色高跟鞋的腿，一定就是最终离开的伊沃娜吧！这份对作品的理解和对作家风格的把握并非刻意，而源自一种天然的吸引。勒唐在法国文化广播台二〇一三年的一档节目《今昔一瞬》(*Du jour au lendemain*) 中告诉记者阿兰·范思泰（Alain Veinstein）："我有很多作家朋友。比起艺术家们，我与作家们关系更好。我与莫迪亚诺有着许多共同的回忆。我父亲和他父母很熟，我们俩对同一时代感兴趣，喜欢同种氛围。"正是基于这种共同点，两人的合作才得以不断推进。

除封面外，两人的另外一种合作形式显得更为郑重其事。是真正的合力创作，产生共同的作品。由莫迪亚诺撰文、勒唐绘制插画的作品共有三种：《记忆的小路》（*Memory Lane*，1981）、《金发娃娃》（*Poupée Blonde*，1983）和《睡眠之城》（*Villes du sommeil*，1993）。其中，前两部以莫迪亚诺的文字为主，讲述的都是一群年轻朋友的生活和记忆，《记忆的小路》是小说，《金发娃娃》是剧本。勒唐的插画从人物、环境、服饰、陈设等诸多方面将文字描绘的种种具象化。主要人物和故事发生的环境都有了清晰的样貌，一些特定的场景也被抓取下来。更重要的是，勒唐的画作超越了文字框架，成为故事的延伸和拓展。许多文字未提及的场景、细节、地点，都出现在插画中。《睡眠之城》是勒唐的绘本作品《沙滩上的难船残骸与碎片》（*Epaves et débrit sur la plage*）中的第二篇。莫迪亚诺根据勒唐的五幅画作，虚构了一个人物，想象出他的故事。

莫迪亚诺为画家好友的作品集作序：《我年轻时的巴黎》（*Paris de ma jeunesse*，1988，2019年再版），《丹吉尔画册》（*Carnet Tangérois*，1996）。为

他二〇〇四年在马德里举办的回顾展撰文。而勒唐也在记录自己珍贵回忆的图文集《相册》（*Album*，1990）中书写了莫迪亚诺，并配有一张作家的肖像画。《相册》题献给两位亲密好友普拉姆和多米尼克，普拉姆是勒唐的妻子，多米尼克是莫迪亚诺的妻子。

四

勒唐说："我觉得一切终将消逝，要赶紧抓住它们。"与莫迪亚诺一样，勒唐也游离在记忆与遗忘交界的领域。他们一个用文字，一个用绘画，以自己的方式与遗忘抗争。

《记忆的小路》是他们第一次合作的作品，展现的是两人童年回忆中挥之不去的一组人物群像，以及与之相关的地点。根据勒唐在《我年轻时的巴黎》中的叙述，上世纪七十年代末，他与莫迪亚诺重逢，谈及合作。他希望作家写一个故事，自己来画插图，以延伸故事的方式进行创作。至于故事中出现的地点，街角酒吧，马莱谢尔博大街，昂蒂布角的别墅，奢侈品牌鞋履店……它们也曾出现在勒唐的《相册》

中，些微不同。

　　而作品中的人物则有着更加错综的、虚实难辨的背景。小说中的很多人物都是二人的共同构想，好几位源自勒唐父亲的朋友们。比如越南人铎，与保大帝关系密切，家底殷实，行事巴黎做派。勒唐在《我年轻时的巴黎》中说，他甚至清晰记得他家的客厅里挂着马蒂斯赠他的画，画上题字："救了我命的闻宋（Van Son）医生"。因此，在书中，勒唐称他为闻宋医生。这位神秘的人物甚至还演过电影，出现在格奥尔格·威廉·帕布斯特（Georg Wilhelm Pabst）一九三八年的影片《上海的悲剧》中。而小说中的古董商人戴尔瓦尔帮助孔图尔挑选、购买家具，设计、装饰房子，这是当年勒唐的父亲会为朋友们做的事。小说中的富家子弟维纳格兰会发生情绪崩溃的状况，像极了勒唐父亲的一位患有严重神经衰弱的朋友。

　　至于《记忆的小路》中年轻的、执着爱着维纳格兰的少女弗朗索瓦兹，最后是一群人中命运最好的一个。她成了著名影星。会不会，她就是莫迪亚

《记忆的小路》中的水手肖像

《金发娃娃》中夜店广告画中的水手

诺的好友，凯瑟琳·德纳芙早逝的姐姐弗朗索瓦兹·朵列（Françoise Dorléac）？

还有米歇尔·马雷兹，《记忆的小路》中土伦退役水兵，古董商戴尔瓦尔的朋友，正上着戏剧课。在《金发娃娃》里，米歇尔·马雷兹则作为真实世界的演员，扮演了剧中二十岁的菲利克斯·德科拉尔。他的名字出现在演员表里，成了如同"勒唐画""莫迪亚诺文"一样的存在。米歇尔·马雷兹从虚构人物变成了真实演员，其中的虚实无从知晓。他的年轻活力、与水兵的特殊关联都浓缩在一张水手的肖像画里。据说勒唐的灵感来自雷蒙·弗瓦盖尔（Raymond Voinquel）的一幅摄影作品。

二〇一〇年，法国导演米卡艾尔·埃尔斯（Mikhaël Hers）将莫迪亚诺和勒唐联手创作的《记忆的小路》改编成电影。时代被平移至当下，但同样是一群年轻人在某一阶段的生活：细碎的日常，朦胧的情愫和未知的将来。将记忆的素材用不同艺术形式呈现，大约也符合莫迪亚诺与勒唐的心意。时代变迁，唯记忆永不磨灭。

莫迪亚诺写过："有一段时间，生活将我们推远，两年前，我们重又相遇。又开始一起散步。"除了"一起散步"的时光，作为一位兴趣广泛、敏锐感受各种形式的美的画家，勒唐总在不断尝试新的美术领域，开拓别样的风景。他为一些奢侈品牌绘制广告，与老佛爷商场、古驰、朗万等品牌都有过合作。至于女儿奥兰皮亚自创的时尚品牌，他更是上心，设计品牌标志，为每季的发布会绘制邀请函，设计印在丝巾和布袋上的纹样……当然，他把更多关于时尚的理解和怀念画进了自己的作品集《流行年代手册》(*Carnet des années pop*, 1997)。勒唐也涉足电影领域，一九九七年为瓦莱丽·勒梅尔西耶(Valérie Lemercier)的电影《四对舞》(*Quadrille*)设计布景。

皮埃尔·勒唐曾被问及关于未来有什么打算。画家答道："做自己想做的事。"这是他心目中最大的奢侈。而在此之前，还是要"做一些问心无愧的事"。清醒对待生活，沉溺于自己的喜好。画家皮埃尔·勒唐周身挥之不去的永远是对过去的恋恋不舍。阿巴斯评价香港导演王家卫的电影，说他的电影描述的是"已然消失（déjà disparu）的空间"。而皮埃尔·勒唐的画，画下的分明是"已然消失（déjà disparu）的时间"。莫迪亚诺研究专家德尼·高斯纳尔（Denis Cosnard）称勒唐为忧伤的散步者（promeneur mélancolique），他就这样与莫迪亚诺并肩漫步向前，走进时光。